thomas köppl & franz reitinger

*das* **leben** *verdichten gegen den* **tod**

thomas köppl
& franz reitinger
*mit illustrationen von*
*manfred dirscherl*

# *das* **leben** *verdichten gegen den* **tod**

gebete
gedichte
geschichten

echter

# *Vorwort*

Den Tod aus dem Leben heraus zu halten – es gelingt nicht. Schon ein fallendes Blatt hat eine andere Botschaft. Marie Luise Kaschnitz hat es so ausgedrückt: Wer sich vornähme, das Wort „Tod“ zu vermeiden, hätte es nicht leicht. Er müsste gegen die Realität leben: die Realität der Friedhöfe, der Unfälle, der Katastrophen, der Krankheiten und des täglichen Sterbens. Selbst der Sonnenuntergang wäre schon gefährlich. Wer sich vornähme, ein Buch ohne Tod zu schreiben, es würde ein paradiesisches Buch, das Paradies der Lebenmüssen-Hölle. Franz Reitinger und Thomas Köppl begegnen Tod und Sterben nicht nur im persönlichen Leben, sondern auch als Priester und bei Beerdigungen und in der Trauer und im Trauergespräch. Von daher hat die Wirklichkeit des Sterbens bei ihnen Gravur. Sie suchen nach einer Sprache, die in solchen Momenten trägt. Eine Sprache, die nicht vollmundig ist, aber auch nicht trostlos.

Als Theologen schöpfen sie hier aus dem reichen Schatz der Bibel. Das Reden über die Auferstehung ist dort keine triumphale Rede.

Es ist eine Rede über Gott, der nicht im Tod lässt. Das ist der Glaube Israels und das ist der Glaube der ersten Christen. Sie glauben, dass Gott den Menschen nicht im Tod lässt und dass er Jesus – als Erstling einer neuen Schöpfung – nicht im Tod gelassen hat. Erst später werden die Erzählungen über die Auferstehung Jesu üppiger, umfänglicher und mit Geschichten angereichert. Zunächst aber geht es um den Glauben an Gott, der nicht im Tod lässt. Dieser Glaube ist Voraussetzung für eine Sprache über Tod und Sterben.

Als Seelsorger ist den beiden bewusst, triumphale Sprache tröstet genauso wenig wie eine nur rituelle. Hier reihen sie sich ein in die Erfahrungen, die auch der reformierte Pfarrer und Dichter Kurt Marti gemacht hat. Seine Sprache war nicht nur Rede über den Tod, sondern es war immer auch AUFstand gegen den Tod – AUFstehen gegen den Tod.

„Nein, es war ganz und gar nicht Gottes Wille, dass dieses Unglück passierte, dass Menschen verbrannten im Flammeninferno, denn Gottes Wille ist anders. Gott leidet mit, Gott führt die Toten zum Leben“ (S. 31).

In den Gedichten von Thomas Köppl und Franz Reitinger wird deutlich, dass der Tod eine Realität ist, nicht zu verschweigen, nicht zu verharmlosen. Aber es wird auch deutlich, dass er nicht das letzte Wort hat und dass es ein Leben darüber hinaus gibt. Oder wie Marie Luise Kaschnitz es in ihrem Herbstgedicht zum Ausdruck gebracht hat:

Es knospt unter den Blättern
das nennen sie Herbst.

Man könnte es so weiterschreiben:

Es knospt unter dem Sterben
das nennen die Christen Auferstehen.

*Würzburg, den 15. April 2015*

Erich Garhammer

## Du, Bladl

Am Bodn bin i glegn
mittn im Somma
unta am Baam af a Wies.
Da spür i
hinta meim Rückn
wos voageh.
I drah mi um
und siah
af meina Schulta
a obgfallns
und ogfressns Bladl.

Glei wisch i ’s weg.
Doch af oamal
siah i ’s wieda
im Augnwinkl.
I nimms
und schaus ma o.
Volla Lebn
is ’s no gwen,
und feine Adan
hot ’s ghabt.

„Du, Bladl“,
hob i ’s gfragt,
„warum bistn Du mia
in ’n Rückn gfalln?
Sog ma, warum?“
Aba des Bladl
hot nix gsagt.

„Du, Bladl,
bist no so jung,
’s is viel z’ früah
zum Obafalln
und zum Sterbn.“
Wieda hot des Bladl
koan Mucksa gmacht.
Hot si nur gwundn
im grelln Liacht
da Sunna.

„Du, Bladl“,
hob i ’s no amal probiert,
a Antwort z’ kriagn,
„do ham ’s Dir
ja ganz schee zuagsetzt
a poa so fiese Kreaturn.
Aba deswegn, moan i,
bist ned obagflogn vom Baam.
Stimmts, Du host irgendwia
koan Saft mehr kriagt
zum Lebn?“

Af oamal
sagt ma des Bladl
mittn ins Gsicht:
„Des Bladl bist fei Du!“
Do is ’s ma
durch und durch ganga,
ganz am Bodn bin i glegn
und hob in d’ Erdn einegwoant.

„Du“, hot des Bladl
wieda ogfangt zum Redn,
„brauchst net trauri sei.
Schau mi o!
I bin doch bloß
a Teil von dem großn Baam
über Dir.
Do san no so viel Bladl dran.
De miaßn alle amal sterbn.
A wenn der Baam
übern Winta ganz nackad dosteht,
hot a jetz scho de Kraft in sich
für neie Bladl volla Lebn.
Brauchst koa Angst hobn,
dass D’ dei Gsicht valierst.
Woan Di no aus!
So viel muaß do no sterbn,
bis wieda wos Neis
lebn ko in Dir drin.“

Imma leisa is des Bladl wordn.
Und wia i mi umdraht hob
vom Bauch am Rückn
bin i ruhiga wordn.
Den Baam vor Augn
hob i mit oamal gspürt,
wia mei Kraft wieda kummt.

„Du, Bladl,
du sollst weitalebn
tiaf in mir
drin.
Kumm mit,
i heb Di aaf!“

*t.k.*

**bruder tod**

der tod
sät
nicht mehr über
sehbar
seine schatten
hinter deine gegenwart

*f.r.*

**Nachtschatten**

Mit meinem Schatten vor mir
bin ich hinausgegangen in die Nacht
– weg von den Häusern der Menschen.

Auf abgeernteten Feldern
bin ich stehengeblieben
und habe dem Wind zugehört.

Zurück zu den Häusern der Menschen
bin ich gegangen im Mondlicht
– mein Schatten weit hinter mir.

*t. k.*

## im novemberlicht

*(oder: auf der sonnenterrasse gegenüber)*

lag er auf der straße
hier trinke ich meinen kaffee
trauere schweigend in mich hinein

lag er auf der straße
ich salbte seine hand
hat sie das tödliche überholmanöver
begonnen

lag er auf der straße
der junge mann mit decken bedeckt
in der lauen sommernacht
glänzte daneben eine blutlache

lag er auf der straße
ich salbte seine hand
mehr konnten sie nicht aufdecken
sagten die feuerwehrmänner
stand das entsetzen
in ihren gesichtern geschrieben

lag er auf der straße
hier trinke ich meinen kaffee
er wohnte gleich gegenüber
in einem von diesen sonnenverwöhnten
einfamilienhäusern

lag er auf der straße
ich salbte seine hand
betete halblaut
von den einsatzkräften umringt
sie brauchten einen trauerbruder

*f.r.*

## Ringen nach Worten

Es war am Karfreitag. Ich schaute nach längerer Zeit wieder einmal bei ihm vorbei. Wir setzten uns in den Schatten unter die Bäume. Es fiel mir auf, wie unsicher er war. Er stockte immer wieder beim Sprechen. Vor einem Jahr wurde bei ihm ein Tumor im Gehirn festgestellt. Nun war offenbar das Sprachzentrum mit betroffen. Immer wieder rang er nach den richtigen Ausdrücken. Andererseits spürte ich selbst, wie sehr ich Mühe hatte, Worte zu finden für ihn.

Erst als wir uns gegenseitig unsere Sprachlosigkeit eingestanden hatten und auch die Angst, die Sprache ganz zu verlieren, löste sich unsere Lähmung. Ich staunte, wie frei er nun sprach. Und wie durch ein Wunder wuchsen aus mir Worte zum Segen in seinem blühenden Garten.

*t. k.*

**bruder gartenbauers bruder tod**

*(zum film „dialog mit meinem gärtner“)*

den großen karpfen tod
gibst ihn dem wasser zurück
nach erbittertem kampf

der große karpfen tod
hast mit ihm gerungen
in einsamen krankenhausnächten

den großen karpfen tod
versöhnt gibst du ihn dem wasser zurück

*f.r.*

## das leben verdichten gegen den tod

das leben verdichten gegen den tod
wann soll ich das tun dicht genug
ist mein leben keine stunde bleibt
übrig pro tag kein tag im jahr an
dem ich dafür auch noch zeit hätte
die termine fressen mich auf wenn
ich mich nicht beeile ihnen hinterher
zu kommen die eile verschlingt mich
im gefräßigen schlund meiner vielen
termine bis der tod mein leben dicht
macht

macht
so ein leben sinn
sind es nicht tote termine
tote nichtse die nach mir greifen
nach meiner zeit nach meinem leben
weil sie ohne mich nicht wären
nicht existierten nichts
als ungelebte
ideen

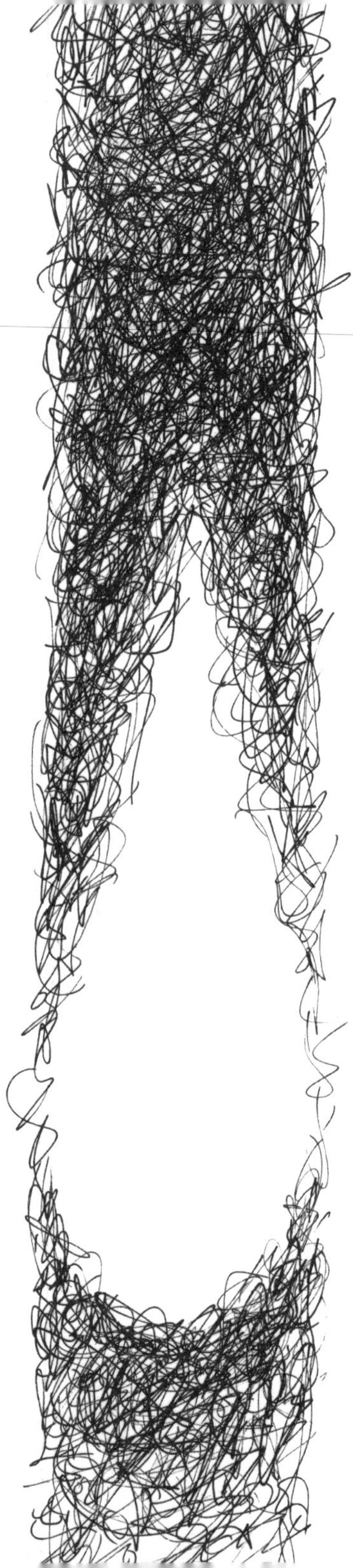

zeit
viel zeit
ganz viel zeit
habe ich
hat mein leben

mein leben ist zeit
zeit zu sein
einfach zu sein

und wenn ich zeit habe
ganz viel zeit habe
weil ich mir einfach die zeit nehme
dann habe ich sogar dafür zeit
mir den kopf zu zerbrechen über die zeit

und wenn ich mir den kopf darüber
zerbrochen habe
setze ich ihn wieder neu zusammen

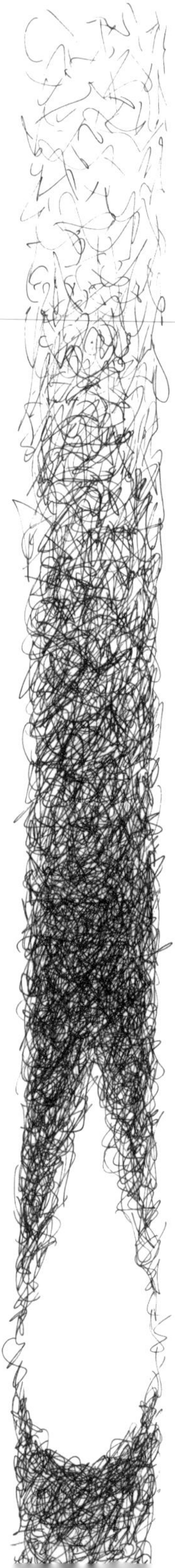

meistens entsteht dabei ein gedicht
weil sich im kopf zerbrechen und
zeit haben das leben verdichtet
gegen die eile
gegen den tod

wen soll der tod schon töten
wenn man sich zeit nimmt
für ihn

das leben
verdichten
gegen den tod
mit dem tod
über den tod hinaus

*f. r.*

## Das Totenhaus

Warum zögert dein Schritt?
Warum gehst du nicht mit
hinein ins Totenhaus,
hältst die Leere mit aus?
Brauchst du wirklich Antwort,
dann bleib, sag nichts, kein Wort.

Schwerer Schritt
geh mit
betritt
das Haus
um mit zu sterben

Hilflose Hand
greif zu
halt aus
die Hand
die in der deinen stirbt

Stummer Mund
bleib still
schweig
die Antwort
nimmt dir niemand ab

Nasses Auge
wein dich aus
schau klarer
ins vertraute Gesicht
zum letztenmal

Der Schritt verhallt
die Hand wird kalt
der Mund bleibt stumm
das Auge bricht
siehst du nicht

Der Mensch vor dir
bleibt nicht stehen
er begreift eine andere Welt
spricht eine neue Sprache
sieht ein helleres Licht

Nur du bleibst stehen
willst nicht begreifen
bist völlig sprachlos
blind vor Trauer
siehst du nicht

Warum zögert dein Schritt?
Warum gehst du nicht mit
hinein ins Totenhaus,
hältst die Leere mit aus?
Brauchst du wirklich Antwort,
dann bleib, sag nichts, kein Wort.

für Martin + 5.9.1994

*t.k.*

## gottes dunkles geheimnis

nein
es war ganz und gar nicht gottes wille
dass dieses unglück passierte
dass menschen verbrannten
    im flammeninferno

denn
gottes wille ist anders
gott leidet mit
gott führt die toten zum leben

wie
gottes liebe und gottes allmacht
    zusammenpassen
miteinander zu vereinbaren sind
das ist mir bis heute ein rätsel

oder
sollte man lieber geheimnis sagen
gottes dunkles geheimnis

*f.r.*

## waschsalon für die seele

einen tag vor seinem begräbnis
fahre ich zur autowäsche
in den waschsalon

schmerzwasser
perlt auf das dach des autos
seife reinigt es von der anstrengung
der letzten tage

hat es mich doch zu ihm gebracht
seine letzten atemzüge zu hören
sein gesicht noch einmal zu sehen
seine hand zu berühren zu halten

die vorbereitung seiner letzten wege
hat mich erschöpft bräuchte
einen waschsalon für die seele

wird der schmerzwinter lange dauern
wie oft muss ich zur autowäsche
fahren die salzkruste der trauer
von der seele zu waschen

*f.r.*

## deine fragen sind erfroren

es hat geschneit
die kahlen bäume unserer trauer
sind bedeckt mit schweigen

wer frage ich
wer konnte es begreifen
dein abgrundtiefes fragen ohne worte

wer frage ich
wer konnte etwas ändern
dir die frühlingsknospen zeigen

es hat geschneit
und deine fragen sind erfroren
könnten wir doch frühlingsknospen
    suchen gehen
schweigen wir mit dir
den abgrund aus den todesfragen

und ein Anderer Redet uns an
wenn wir schweigen
träufelt uns Frühlings-Grün in die augen

nachruf auf konrad, dessen suizid
niemand im jugendverband begreifen konnte

*f.r.*

## Wie ein angeschlagener Apfel

Ab und zu kommt mir der Garten meiner Großmutter mit den Apfelbäumen in den Sinn. Als Kind hat es mir Freude gemacht, auf die Bäume zu steigen und von dort Äpfel zu pflücken.

Hin und wieder ist ein Apfel vom Baum gefallen, auf die Erde aufgeschlagen und den Abhang hinuntergekugelt.

Meine Großmutter ist jedem Apfel nachgegangen, um ihn aufzuheben. Ganz selbstverständlich hat sie das getan, so als ob es ihr nur auf diesen Apfel ankommt.

Ich habe immer wieder das Bild der alten Frau vor Augen, die einem angeschlagenen Apfel nachgeht und sich bückt. Heute lebt in mir mehr als nur eine Erinnerung an meine Großmutter:

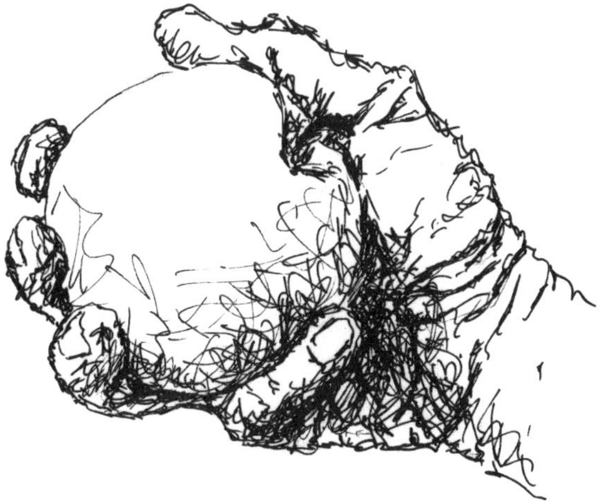

Wenn ich einmal angeschlagen bin, hoffe ich auf jemanden, der mir nachgeht und mich aufhebt – genauso liebevoll wie meine Großmutter einen Apfel.

So stelle ich mir Gott vor. Er wird mir nachgehen und mich aufheben, wo andere mich linksliegenlassen.

*t. k.*

## theodizee – eine frage in 8 kata-strophen

wie sag mir wie
soll ich glauben
an deine macht
an deine liebe
gegen die erfahrung
wider alle vernunft

hör' ich doch ständig
fragen warum
hat er das zugelassen
mehr als die zuständigkeit
über leben und tod
ist dir nicht mehr geblieben

rächst du dich dafür
mit dunklen
schicksalsschlägen
dass man wieder
nach dir fragt
auch wenn man dich anklagt

willst du dass man dich
anfleht wie eine alte
versteinerte gottheit
nichts kann sie erweichen
nichts rührt sie
zu tränen

wie sag mir wie
soll ich glauben an dich
wenn du schweigst
wie soll ich dich künden
und die freiheit die du
uns menschen geschenkt

gilt sie nicht als ladenhüter
wie ein clownshut
den niemand mehr mag
wenn leid und tod
ihr ungeschminktes
gesicht gezeigt haben

ist das leid der sonderpreis
der freiheit und dein
schweigen verlegenheit
weil dir nichts besseres
eingefallen ist oder
schweigst du nur

weil du auf unsere
antworten wartest
gespannt wie ein lehrer
auf die weisheit der schüler
wie sag mir wie soll ich glauben
an deine macht an deine liebe

*f.r.*

## Flehen und Bitten

Nach einem Gottesdienst im Krankenhaus wollte mich ein Patient auf der Intensivstation sprechen. Er hatte einen schweren Herzinfarkt hinter sich. Zögernd begann er: „Ich weiß nicht, ob Sie mich verstehn. Seit dreißig Jahren habe ich nicht mehr gebetet. Bitte, helfen Sie mir! Ich weiß nicht, wie ich beten soll."

An dieser Stelle will ich eine kleine Denkpause halten. Sie ist wahrscheinlich kaum länger als damals. Da war ich einfach überrascht. Mir sind noch die piepsenden Töne auf der Intensivstation im Ohr, die seinen Herzschlag kontrollierten. Und plötzlich habe ich selbst angefangen zu beten – unhörbar für ihn, nur so für mich: „Gott, o Gott, was soll ich ihm jetzt bloß sagen."

Mein Blick wanderte von seinen ängstlichen Augen zur gegenüberliegenden hellgrünen Wand und dann hatte ich eine Idee: „Schauen Sie, dort an der Wand, da hängt ein Kreuz.

Es ist ein Zeichen für Jesus, der am Kreuz für uns gelitten hat und der schreckliches Leiden mit der Kraft Gottes überwunden hat. Und in diesem Kreuz sind Sie nun selber mit drin. Darum können Sie sich an diesem Stück Holz festhalten. Wenn Sie Angst haben, schauen Sie da hin. Mehr brauchen Sie nicht tun."

Er schaute auf das Kreuz und nickte. Ich blieb noch ein wenig bei ihm sitzen. Dann habe ich ihm langsam und leise das Vater unser vorgebetet und ihm den Krankensegen gegeben.

Mir ist diese Begegnung nachgegangen. Ich weiß nicht, was mit dem Mann geschehen ist, was ihm vielleicht heute das Beten bedeutet. Aber ich glaube, damals hat er das wirklich gebraucht – den Blick auf das Kreuz.

*t. k.*

## wer

wer
knüpft uns den
rotenfaden

sodicksodünn
dasserverbindet
nichteinwickelt

wer
wenn nicht
der gebundene

Roterfadenvonoben
Dein Kreuzknoten
ärgertmich

Verbindetmichmitdir

*f.r.*

## karfreitagskreuz

*es führt*
*kein weg vorbei*
*an Deinem kreuz*

ohne
Dich
zu vergessen
Dich
zu verraten

viele wege der liebe
der gottesliebe
der nächstenliebe
enden irgendwann
auf golgotha

es ist nicht nur
Dein kreuz
das kreuz
der ganzen welt
trägst Du

die kleinen
großen kreuze
jedes kreuz
passt in Dein
kreuz hinein
Dein kreuz
verwandelt
unsere kreuze
öffnet sie
für Neues Leben

*es führt*
*kein weg vorbei*
*an Deinem kreuz*

*f.r.*

## wenn das weizenkorn …

*für karlheinz*

hast dich nicht gewehrt
hineinzuwachsen in
die dunkle sterbenserde

trankest schon vor jahren
mit begierigen ohren
das wort vom weizenkorn

hat dein leben schon
die nötige weizen-
kornqualität erreicht

*f.r.*

## kommunion am karfreitag

das ist Mein Leib
sagtest Du gestern
und wir erschraken
als Du das brot brachst

heute zerbrachst Du
am helllichten tag
aufgerichtet am kreuz
gegen die sterbende sonne

und immer noch
essen wir weiter
Dein zerbrochenes brot
kauen an Deiner tödlichen Liebe

das ist mein Leib
sagtest Du gestern
heute wissen wir
was es bedeutet

*f. r.*

## es riecht nach Ostern

die lichter am friedhof
gegenüber

und silja walter lesen
nach der osternacht eintreten
in ihre Wändelosen Räume

die lichter tanzen
die worte singen
der weihrauch
duftet nach Dir

ich atme
Frühlingsleben ein

silja walter
1919–2011
lebte als benediktinerin
im kloster fahr (schweiz)
mit ihren gedichten
gehört sie zu
den ganz großen
in der literatur
des 20. jahrhunderts

*f. r.*

## Ostern – Deine Antwort?

mit zahllosen warum
durchlöchert
mein sonntags-
glaube dass Du alles
zum Guten Wendest
unser tun
Vollendest

fällt mein blick
auf das kreuz
wozu Hast Du
Deinen Sohn
so hängen lassen?

weil es Dich
nicht Gibt?
weil Du nicht
allmächtig Bist
sondern ohnmächtig
oder gar grausam?

weil Du
Durch Ihn
den tod
Ausleuchten
Wolltest
für unsere letzten wege
unsere Ersten
Österlichen Schritte?

*f.r.*

## Osterblumen ...

der Liebende
war nicht ist nicht
zu besiegen

Liebe siegt immer
den leisen unscheinbaren
den sieglosen sieg

und Blüht
durch alle gräber
kommt und seht

*f.r.*

## Aufstehen will ich

Es war mitten in der Nacht, als sie von einem unruhigen Schlaf erwachte. Böse Träume hatten ihr wieder einmal zugesetzt. Lange schon hatte sie keine schlechten Träume mehr gehabt. Es gab eine Zeit, da hatte ihre Seele nur solche Träume geboren. Und dann traf sie ihn. Ihr Vertrauen zu ihm hatte sie von ihren bedrückenden Träumen befreit. Er hatte ihre siebenmal kranke Seele geheilt. Daraufhin hatte sie Magdala, das kleine Dorf am Ufer des Sees von Galiläa, verlassen. Sie wollte nur noch eines, in seiner Nähe sein und bleiben. Und nun hatte man ihn grausam getötet. Sie hatte es mit eigenen Augen gesehen. Es war noch keine drei Tage her. Und in dieser Nacht konnte sie vor Weinen kaum ein Auge zutun.

Als sie endlich eingeschlafen war, sah sie wieder diese schrecklichen Bilder vor sich. Sie wusste nun, dass es Trugbilder waren. Trauen konnte sie allein ihrem Herrn und Meister und nicht mehr ihren Träumen.

Er hatte ihr gesagt: „Maria, wenn Deine Seele wieder traurig wird, suche Trost in den Schriften unserer Väter.“ - Das wollte sie nun tun. Sie erhob sich von ihrem Lager und wählte die Schriftrolle vom Hohen Lied. Sie wusste: Darin stand viel von Liebe geschrieben. Das war ihrem Rabbuni das wichtigste Gebot. Darauf wollte sie hören und sie las mit wachsender Unruhe, bis sie zu einer Stelle kam, die ihr die Tränen in die Augen trieb. Sie rieb sich die Augen und las noch einmal: „Ich suchte ihn und fand ihn nicht. Aufstehen will ich, die Stadt durchstreifen, die Gassen und Plätze, ihn suchen, den meine Seele liebt.“ (Hld 3,1b–2a)

„Ja, aufstehen will ich“, rief Maria ergriffen von der Kraft des Wortes. Sie wählte einen roten Umhang. Es war immer noch dunkel, als sie das Haus verließ und zur Stadt hinauseilte.

*t.k.*

## Ostern überfordert

es führt kein weg
vorbei
am kreuz

wir müssen
unter dem türsturz
des grabes hindurch

um das Licht
des Auferstandenen
zu sehn

in Sein
Ewiges Ostern
zu gehn

*f.r.*

## Ostern verwirrt

wo ist nun das grab?
vor mir hinter mir?

gehe ich hinein oder
komme ich heraus?

*f.r.*

## Ostern geschieht

Osterlicht
tropft mir
schäumt mir
entgegen

Der ins Licht
Erstandene
Sprengt alle
felstüren auf

Bringt die steine
ins Rollen
Stellt das kreuz
in den schatten

Zieht uns ins Licht

*f.r.*

## Auf der Friedhofsmauer

Das Haus, in dem ich lebe, grenzt an den benachbarten Friedhof. Die morsche Friedhofsmauer erinnert mich an die radikale Trennung von Leben und Tod. Besonders im Sommer ist das ein guter Ort für mich, um über mein Dasein nachzusinnen.

Darum gönne ich mir hin und wieder vor dem Einschlafen ein paar Minuten auf der Friedhofsmauer. Ich lege mich dazu auf die von der Sonne aufgeheizten Abdeckplatten aus Granit und schaue in den mitternächtlichen Sternenhimmel.

Die Sterne des Großen Wagens sind etwa 59 bis 108 Lichtjahre von der Erde entfernt. Das Licht der Sternbilder, die ich von der Friedhofsmauer aus wahrnehme, ist also lange vor meiner Geburt ausgegangen. Und wenn ich mir vorstelle, die Sterne des Großen Wagens senden jetzt im Augenblick ihr Licht aus, dann werden diese Lichtwellen mein Auge nicht mehr erreichen.

Dann bin ich bereits im Reich der Toten jenseits der Friedhofsmauer, auf der ich gerade liege.

In 60 bis 100 Jahren wird vielleicht ein anderer auf der Mauer liegen, in die Sterne schauen und das Licht sehen, auf das ich gewartet habe. Und wenn ich es so sehe, ist das Licht der Sterne die Brücke zwischen uns Lebenden und den Toten.

Darum ist es für mich mehr als nur eine verrückte Idee, auf der Friedhofsmauer zu liegen, es ist der Versuch, mein Dasein in einem größeren Zusammenhang zu begreifen.

*t. k.*

## gebet eines trauernden

ich laufe hinaus
bis über die grenzen
des horizonts hinaus

und finde mich wieder
bei Dir
stundenlang
reden wir

schauen uns an
schweigen uns hinüber
über die gräber hinweg

bis die sonne aufgeht
der paradiesvogel uns weckt
am ostermorgen
Deiner neuen schöpfung

*f.r.*

**der blühende kirschbaum im garten**
*hommage an marie-luise kaschnitz*

schreibt sich die dichterin
durch die winterdunkle trauer hindurch
in den frühlingsblühenden Glauben

wie das lied der lieder
glasfenster malt von der Liebe
ohne das Licht zu erwähnen

*f.r.*

## Der Besuch

Karl hat heute Elisa besucht, die ich seit seinem frühen Tod nun als „Witwe“ bezeichnen musste. Irgendwie tat sie mir leid, aber ich wusste noch nicht so recht wie, da sie ihren Schmerz gut kanalisiert in Worte zu fassen verstand.

Karl war ein sympathischer Genießer gewesen und vor allem ein leidenschaftlicher Fragensteller und Diskutierer. Deshalb kam es mir in den Sinn, mir in bunten Farben auszumalen, wie er heute Abend seine Frau Elisa zum ersten Mal besuchen würde, nachdem er vor wenigen Monaten – lange vor dem magisch aufgeladenen 50. Geburtstag – gestorben war. Wie sollte ich sonst mit den Toten umgehen, wenn sie nicht weiter Geschichte schrieben, Geschichten erzählten oder in meinen Geschichten vorkämen.

Karl stritt mit Elisa, wie immer. Sonst wäre es auch langweilig gewesen, wenn die beiden nun plötzlich einer Meinung wären.

Es ging wieder einmal um die Frage der Erziehung. Karl meinte, der Junge solle selber seine Erfahrungen machen. Elisa war im Grunde genommen derselben Meinung, aber sie musste das Ganze von einer anderen Seite beleuchten, von der weiblichen Seite, versteht sich. Außerdem störte es Karl, dass Elisa ihren Gästen den Kaffee immer noch mit einem traurigen Ton in der Stimme anbot. „Frauen sind eben so", stellte er mit einem angriffslustigen Lachen fest und nahm sich noch ein wenig Sahne zu dem dritten Kuchenstück.

Den ersten Bissen im Mund, nahm Karl Anlauf zu einer weitausholenden Frage: „Wie ist das eigentlich mit dem Leben nach dem Tod?" Und meinen Einwand vorwegnehmend ergänzte er sofort: „Ich weiß zwar jetzt, wie es in der Praxis aussieht, denn grau ist alle Theorie. Dennoch würde mich brennend interessieren, ob die katholischen Theologen in dieser Frage dieselben Vorstellungen vertreten wie die Orthodoxen?"

„Karl“, hörte ich Elisa sagen, „bevor Du jetzt wieder anfängst, Deine berühmten Fragen zu stellen, auf die Du längst – und seit kurzem mit gutem Grund – eine Antwort parat hast, sollten wir zuerst Pater Josefs Predigt noch einmal durchlesen, damit er sie morgen in fehlerfreiem Deutsch vortragen kann.“

Und schon zog er mich mit, seiner Frau am Ende doch gehorchend, in sein Büro in der Gartenlaube, wo immer noch sein Computer stand. Und während uns die Stille „seiner Kapelle“ in den Bann zog, begriff ich, wie er sich vorbereitet hatte auf sein neues Leben in diesem Land, das auf keiner Landkarte zu finden ist. Elisa, gerade hereingekommen, stand lächelnd in der Tür: „Hier in sein Büro ziehe ich mich jetzt auch immer zurück, wenn ich mit meinen Tränen allein sein will. Früher durfte ich es ja kaum betreten. Schließlich war es sein Heiligtum.“

*f.r.*

## Ich will zurück

Eine Tochter pflegt mit ihrer Mutter daheim den krebskranken Vater bis zum Tod. Wenige Stunden nach der Beerdigung des Vaters läutet es an der Haustür. Ein älterer Mann mit einer Frau steht vor der Tür. Die Frau erklärt, sie hätte den Mann auf der Straße aufgelesen. Er wolle zurück zu seiner Frau und wisse nun nicht mehr den Weg zurück nach Hause.

Als die Frau nach seinem Namen fragt, stellt sich heraus, dass er denselben, nicht gerade häufigen Nachnamen trägt wie der Verstorbene.

Die Frau kennt in der Gegend nur eine Familie mit diesem Namen und führt ihn dorthin. Nach gemeinsamer Suche im Telefonbuch zeigt sich, dass der ältere Mann einige Straßen weiter seine Wohnung hat.

Als die beiden wieder weg sind, bekommt die Tochter Angst. Sie erzählt der Mutter nichts von der Begegnung. Sie glaubt, ihr Vater sei nicht im Frieden gestorben und wolle nun wieder zurückkehren.

Nach einigen Wochen erzählt sie mir von ihren Befürchtungen. Ich versuche es anders mit ihr zu sehen. Diese seltsame Begegnung am Tag der Beerdigung könnte ein Gleichnis für den Anfang einer neuen Beziehung zum Vater sein. Menschen, die wir begraben haben, sind in unserem Inneren noch lange nicht gestorben. Sie wollen einen neuen Platz haben im Leben – unbegreiflich, aber spürbar. Insofern steht jeder, den wir gern haben, irgendwann einmal vor unserer Haustür und sagt: „Ich will zurück!“

*t.k.*

## nach zwei jahren

ende märz
und der frühling verschwand
der gerade begann
der zweite der dritte frühling
ich weiß nicht

ende märz
vor zwei jahren
und der frühling starb
der gerade begann
der zweite der dritte

ich weiß nicht wie oft er
den frühling erlebte
vor mehr als zwei jahren
weiß auch nicht wie oft wir
den frühling erleben

nach diesem märz
vor zwei jahren
als er starb
in den frühling hinein
als er erblühte ins Leben

in erinnerung an heinz
zwei jahre nach seinem
plötzlichen tod mit 47

*f.r.*

## tor in die ferne ...

tor in die ferne

wohin

wirst du mich führen?

wer

wird mir begegnen?

wann

wird sich öffnen

das

tor in die ferne?

*f. r.*

## Arzt, hast du im Leben das Sterben gelernt?

Ein Arzt, der zuhören konnte, sei er gewesen, seine Patienten nach einem Gespräch schon fast geheilt.

Ein Arzt, der zuhören konnte: Als er schwerhörig wurde, übte er das Hören nach innen.

Er habe die Berge geliebt, heißt es, und hatte noch eine Bergtour geplant in eine unbekannte Bergregion, als er ins Krankenhaus eingeliefert wurde.

Ob ihm die Luft ausgehe, wurde er gefragt. „Wie einem eben die Luft ausgeht“, antwortete er, „vor einer großen Bergtour.“

*f.r.*

**blume unterwegs**

blühst du

dich lassend
wirst du
Verwandelt

*f.r.*

## … bis es nach Ostern schmeckt

im schatten des todes
halten wir Dein Ostermahl
Kehrst bei uns ein
wie damals in emmaus

Gingst auch mit uns
auf verzweifelten trauerwegen
sind noch verhüllt unsere augen
tränenbedeckt

hörten wir Dein Wort
hörten es nicht
waren verstopft unsere ohren
mit dem dauerton warum

werden wir jemals
emmaus wieder verlassen
Brannte uns nicht das herz
sagen wir dann

könnten wir glauben wie früher
mit leuchtenden Osteraugen
Führst Du nicht unsere toten ins Leben
Schenkst uns Gemeinschaft mit ihnen

während wir kauen an Deinem Geteilten
Osterbrot es Ist Dein Leib
Dein Vorgeschmack auf den Himmel
jenseits aller todesgrenzen

*f.r.*

## januskÃ¶pfige hoffnung

bis in die letzten
atemzÃ¼ge

hoffen

Ã¼ber die letzten
atemzÃ¼ge hinaus

hoffen

aus dem leben
hinaus

ins Leben
hinein

januskÃ¶pfige
hoffnung

hoffnung
braucht immer ein gesicht

um an die Hoffnung
zu glauben

*f.r.*

**auferstehungsphantasien**

einmaliger mensch
du hattest einen namen
ein unverwechselbares gesicht
ganz zu schweigen
von deinem fingerabdruck
deiner dna
im patentbuch Gottes

welches gedächtnis
muss der Ewige haben
dass er dich wieder erkennt
aus den vielen
ohne merkhilfe
wenn du
vom tode entstellt
zu Ihm kommst

*f.r.*

**der fassadenkletterer – ein traum**

wenn unversehens dein bruder dein freund
und du willst ihn noch halten
sich festzurrt am seil es ans geländer
deines balkons hängt sich abseilt
wie ein fassadenkletterer mutig
war er schon immer

und du bewundernd zu ihm hinabschaust
du kannst nicht viel sehen er sich
halsbrecherisch in die tiefe stürzt
oben das seil es scheint ihn zu halten
der knoten am balkon kunstfertig
geknotet du rufst ihm noch nach

hörst keine antwort fängst an das seil
zu prüfen es vorsichtig nach oben
zu ziehen bis du sein ende zu fassen
bekommst ist er in die tiefe gesprungen
oder hat er nur eines von seinen berühmten
zauberkunststücken demonstriert

und während du trauernd um ihn klagst
kommt er angeschlichen legt dir
die hände tröstend auf die schultern grinst
und lacht war es nicht immer so
er der mutige du der ängstliche doch
stunde um stunde wächst die gewissheit

und aufgewacht von diesem traum weißt du
dein leben hängt an einem seidenen
faden wirst du den sprung in die tiefe
riskieren den sprung ins wagnis jetzt
zu leben und nicht zu wissen was im tod
dich erwartet wen du dort triffst

*f.r.*

**im konjunktiv**

hielten wir stand
dem verschwiegenen Anderswo
in das unsere verstorbenen
uns Vorausgegangen

wir bräuchten nicht
wir könnten nicht mehr so leben
als gäbe es kein Danach
und kein Wiedersehen im Licht

*f.r.*

## jenseits

der himmel ist kein ort
schreibt dieter wellershoff

kein fester ort
der Himmel
raum und zeit entbunden

Gottes ortloser Ort
überall
in dir und mir
und jenseits unserer grenzen

*f.r.*

## Der Traum vom Turm

Vor einiger Zeit habe ich geträumt von einem Turm. Stufe für Stufe bin ich hinaufgestiegen. Als ich auf etwa halber Höhe angelangt bin, stehe ich vor einer verschlossenen Tür. Meine Hand tastet im Dunkel nach dem Schlüssel. Ich drehe ihn um und drücke die Klinke. Vor mir liegt ein geschmackvoll und gemütlich eingerichteter Raum – nicht zu groß und nicht zu klein und ganz vom Sonnenlicht durchflutet.

Mir ist plötzlich klar: Hier will ich bleiben. Ich hatte die Turmspitze vergessen, die ich eben noch hatte erreichen wollen. Was kann schöner sein, als hier zu bleiben?

Immer wieder träume ich von diesem wunderschönen Raum. Vielleicht wache ich einmal darin auf.

*t. k.*

**sternenstaub und Engelsflügel …**

sternenstaub und Engelsflügel
stehen auf verschweben wieder
in den träumen mancher nacht
Gott hast Du den traum gebracht
einer neuen Welt im Licht
wenn der letzte tag anbricht

> tod lass' dir noch lange zeit
> um das Tor zur Ewigkeit
> aufzustoßen voller macht
> gern erleb' ich tag und nacht
> Gott – glaub' mir – Liebt jedes kind
> das ihn Vater Mutter nennt

sternenstaub und Engelsflügel
stehen auf verschweben wieder
in den träumen mancher nacht
Gott hast Du den traum gebracht
einer neuen Welt im Licht
wenn der letzte tag anbricht

wenn der letzte tag anbricht
möcht' ich schreiben ein gedicht
die novembernebel klären
tanzend betend Gott versteh'n
Gott – so glaub' ich – Tanzte auch
als Er uns Schuf wie ein Hauch

sternenstaub und Engelsflügel
stehen auf verschweben wieder
in den träumen mancher nacht
Gott hast Du den traum gebracht
einer neuen Welt im Licht
wenn der Erste Tag anbricht

*f.r.*

## Wenn ich gehe

Wenn ich von hier verschwinde,
will ich, dass du weiter lebst
und tanzt und singst und lachst.

Wenn ich aus meinem Körper geh,
dann zieh bitte bunte Kleider an,
denn schwarz das steht Dir nicht.

Wenn mein Spiel zu Ende gespielt ist,
hab ich gewonnen oder verloren,
dann nimm du die Würfel in die Hand.

Wenn ich Raum und Zeit verlasse,
wünsche ich dir schon hier und jetzt
genügend Platz zum Leben.

Und könnte ich Dir alles
ohne Angst so sagen,
würde ich viel leichter gehen.

*t. k.*

**tod**

was dann
leben
was nun

liebe nur

stirb

und

werde

*f.r.*

**erntezeit**

der letzte weizen
wird gemäht
nach trüben regentagen

musste ich
an jedem morgen
steh'n an einem totenbett

mit achtundachzig
einundneunzig jahren
war es wohl ein gnädiger august

schmetterlinge flügeln mir
ein hoffnungslied
ins auge

steht hier noch der weizen
und zikaden spielen serenaden
auf die späte erntezeit

*f.r.*

## Maria – aufgenommen in den Himmel

mit Leib und Seele mit Haut und Haaren
ganz wollte Er Dich dem tod entwinden
in Seine Neue Schöpfung entbinden

der erde enthoben
zum Himmel entrückt
doch Du bist nicht oben
wo kein mensch Dich erblickt

Du sammelst leise unsere Not
und bringst sie Deinem Sohn

Du lehrst uns Kräuter suchen
dass wir Heilung finden
auf dieser erde schon

bis wir Auferstehen
mit Leib und Seele
mit Haut und Haaren
bis wir uns im Himmel finden

*f.r.*

## der Uhrenlose

die grillen zirpen noch
die rose blüht
der sommer
hat noch ein paar tage zeit

und wenn du willst
kannst du das glück
mit händen greifen
heute oder morgen

es ist dir geschenkt
wenn du willst
vergiss den schlag der uhr
vergiss den lauf der welt

der Uhrenlose
nimmt sich Zeit für dich
jetzt und hier
wenn du willst

ein paar minuten Ewigkeit
als vorgeschmack für später
immer sollten grillen zirpen
rosen blühen

immer
sollte ich sie hören sehen
heute morgen
immer bist Du da

*f.r.*

## in memoriam t. s.

sie war eine große
in der kleinen
der alltäglichen
meisterschaft
der liebe

hatte sie ihre aufmerksamkeit
für die menschen
zuletzt
auf das beten
für sie verlegt

erfinderische liebe
statt die hände
in den schoß zu legen
zählen sie Dir vor
wem Du noch helfen musst

beten jetzt wir
für die unermüdliche beterin
kümmern wir uns um die vielen
nah und fern die kummer tragen
um die sich niemand mehr sorgt

*f.r.*

## ein schöner tod

das aristokratische
in ihren edlen gesichtszügen
das feine lächeln um ihre lippen
noch im einschlafen
ihre wangen ihre augen umspielend
bis ins entschlafen

die melodie ihres lebens
beständig aufgreifend
könnte ihr Schöpfer
dem charme ihres ungebrochenen
urvertrauens
den eintritt ins Ewige verweigern

nein sagte ich verließ beruhigt
ihr wohl letztes zimmer
mit irdischer adresse
wohl ahnend dass ich nach dieser
zum zweiten mal gespendeten
krankensalbung beginnen könnte

die ansprache für ihre beerdigung
vorzubereiten oder sollte ich lieber
auferstehungsfeier sagen
mit dem anflug eines aristokratischen
lächelns auf den lippen
sie zu zitieren

*f.r.*

**novembergedanken**

kahle erde
kalte füße
herbst des lebens

warten auf godot
reise nach innen
deine zeit

mensch werde wesentlich
die sanduhr rinnt
zeit ist geld

leben mit uhr und kalender
ebbe und flut
alles hat seine zeit

schweigen und reden
wind und regen
ausgeliefert

Gottes Schweigen
hörst du
den Atem?

rosen antworten
und blühen
heilige auch

*f.r.*

## warten

das leben ist warten
auf einen anruf
dass er
kommt

bald
nächste woche
morgen
sofort?

*f.r.*

## im museum für moderne kunst

gelbe scherben
hinter glas
ikonen der er
innerung während
es regnet draußen
und drinnen steht
das auto im parkhaus

wir warten und
hören die stille

wie gut dass es regnet
reiner kunze schreibt
darüber henri matisse
malt die kreise
unter und über das
kreuz und der regen
spricht die absolution

blaue berufung flutet
mir goldrot
in die gelben scherben

Er
innert
mich

*f.r.*

## Du aber bleibst

Nach sechzig Sekunden ist eine Minute vorbei
nach sechzig Minuten eine Stunde
und auch die Stunden vergehen
wie auch die Nacht
du aber bleibst

Die Nacht wird zum Tag
der Tag wieder zur Nacht
der Sonntag wird zum Montag
und der Werktag zum Alltag
du aber bleibst

Von Woche zu Woche
schleicht sich die Zeit fort
und bringt nach Regen
wieder Sonnenschein
du aber bleibst

Wochen verfließen zu Monaten
der Sommer welkt zum Winter
und keiner kann es fassen
wieder ein Jahr vorbei
du aber bleibst

Gott, sei Dank
du bleibst
Gott
du bleibst
Gott, sei Dank

*t.k.*

## lebe …

lebe solang' dir
der Atem gegeben

liebe

*f.r.*

## das leben verdichten – gegen den tod

*ein nachwort*

kaum ein text in diesem buch ist auf eine spätere veröffentlichung hin geschrieben worden. in aller regel gab es einen anlass, das konkret erlebte leben zu reflektieren, es tagebuchartig niederzuschreiben und die rätsel leidvoller erfahrungen an den grenzen des lebens auf das Du Gottes hin zu befragen.

insbesondere als priester und seelsorger sind wir, thomas köppl (*t.k.*) und franz reitinger (*f.r.*), oft in die situation geraten, dass gedanken und gefühle im umgang mit kranken, sterbenden oder den trauernden angehörigen eines verstorbenen einem noch nachgehen und einen adäquaten ausdruck suchen. einige der vorliegenden texte sind deshalb als eine art „rohentwurf“ oder als „nebenprodukt“ der vorbereitung einer traueransprache entstanden, als verdichtete und komprimierte würdigung einer lebensgeschichte unter dem vorzeichen der gläubigen hoffnung, dass es ein über den tod Hinaus geben könnte und geben müsste, wenn wir die ostergeschichten ernst nehmen, die in den evangelien erzählt werden, und der zusage des Auferstandenen zu trauen ist. andere texte sind aus einer noch tieferen existentiellen betroffenheit entstanden, weil eine freundschaft oder verwandtschaftliche beziehungen im angesicht des todes nach tragfähigen antworten suchten. nicht zuletzt hat sich unsere eigene trauerarbeit in einigen passagen luft gemacht und uns wort für wort wieder aufatmen lassen.

fast wie von selbst ging uns beiden im lauf der jahre zunehmend auf, dass sich solche erfahrungen an den rändern des lebens auch literarisch verdichten zu gedichten und gebeten, zu liedern und geschichten, die wie alle glaubenserfahrungen irgendwann auch dazu drängen, ins gespräch zu kommen mit anderen menschen, die genauso wie wir auf der suche sind nach mehr als allem.

als beglückende erfahrung erwies sich nicht zuletzt auch die suche nach einem passenden illustrator. die reduzierte form der schwarz-weiß-graphiken, die manfred dirscherl beisteuert, verrät nicht nur seine sensibilität in der auseinandersetzung mit den texten, sondern auch die eigene betroffenheit, sich mit dem sterben geliebter menschen anfreunden zu müssen.

wir drei wünschen uns nun viele weitere dialogprozesse mit den lesern und betrachtern dieses büchleins, aber auch mit dem

Großen (Un-)Bekannten Freund des Lebens, um mit Ihm und miteinander nach neuen wegen zu suchen, das leben gegen den tod zu verdichten.

wir bedanken uns beim echter verlag würzburg für die aufnahme unseres erstlingswerkes in das verlagsprogramm, insbesondere danken wir unserem lektor, heribert handwerk, für die überaus angenehme zusammenarbeit.

einen herzlichen dank richten wir auch an dr. sabine und dr. wolfgang holzschuh, die uns bei der auswahl der texte behilflich waren, und deren reiche erfahrung in der trauerpastoral auf vielfache weise eingeflossen ist in die konzeption dieser publikation.

über den tod hinaus fühlen wir uns verbunden mit heribert ackermann, der uns bis kurz vor seinem viel zu frühen tod mit vertonungen einiger unserer texte tief berührt und inspiriert hat.

zuletzt danken wir prof. dr. erich garhammer für die erstellung eines wirklich außergewöhnlichen vorwortes.

*franz reitinger thomas köppl*
*manfred dirscherl*

**Manfred Dirscherl,**
geboren 1966, seit 1996 Kunsterzieher am Augustinus-Gymnasium Weiden, lebt in Weiden (Oberpfalz).

**Thomas Köppl,**
geboren 1963, Priesterweihe 1988, seit 1991 hauptamtlich im Schuldienst, ehrenamtlich in der Pfarrseelsorge und in spiritueller Begleitung tätig, lebt in Regensburg.

**Franz Reitinger,**
geboren 1966, Priesterweihe 1993, von 1996 bis 2002 Diözesanseelsorger der KLB und KLJB Regensburg, seit 2002 Pfarrer einer Stadtrand-gemeinde bzw. Pfarreiengemeinschaft, von 2009 bis 2014 auch Dekan, lebt in Pettendorf (bei Regensburg).

Bibliografische Information der Deutschen Nationalbibliothek

Die Deutsche Nationalbibliothek verzeichnet diese Publikation in der Deutschen Nationalbibliografie; detaillierte bibliografische Daten sind im Internet über http://dnb.d-nb.de abrufbar.


www.echter-verlag.de

*Umschlag und Gestaltung*
Peter Hellmund, Würzburg

*Druck und Bindung*
Friedrich Pustet, Regensburg

*ISBN*
978-3-429-03847-2